Haiku der Liebe

Japanische Kurzgedichte und Farbholzschnitte

Japanisch / Deutsch

Übersetzt und herausgegeben
von Masami Ono-Feller

RECLAM

Die Gedichte

一勇齋國芳画
彫工 房次郎

1

眉掃を俤にして紅粉の花
芭蕉

Sanft erinnern sie
an Augenbrauenpinsel –
Färberdistel-Blüten

Bashō

Mayuhaki o / omokage ni shite / *beni no hana*

Färberdistelblüte – Sommer

2

海にふる雨や恋しき浮身宿
芭蕉

Regen auf dem Meer
Gedanken an den Freier,
der dort arbeitet

Bashō

Umi ni furu ame ya / koishiki / ukimiyado

ohne Jahreszeitenwort

名所江戸百景

3

象潟や雨に西施がねぶの花
芭蕉

Dorf Kisakata
im Regen schläft sie, Xi Shi
– Seidenbaumblüte

Bashō

Kisakata ya / ame ni seishi ga / *nebu no hana*

Seidenbaumblüte – Sommer
Xi Shi: chinesische Schönheit der Antike

4

清貧の薄き背中や雪明り

可人

Wie rein und bescheiden –
Ihr schmaler Rücken im
Schneeleuchten

Bekundo

Se'ihin no / usuki senaka ya / *yukiakari*

Schneeleuchten – Winter

5

春宵や光り輝く菓子の塔
茅舎

Frühlingsabend
Wie herrlich glänzt und strahlt
der Tortenturm!

Bōsha

Shunyoi ya / hikarikagayaku / kashi no tō

Frühlingsabend – Frühling

富士三十六景

6

雪解や妹が巨燵に足袋かたし
蕪村

Der Schnee ist geschmolzen –
deine Strümpfe im Kotatsu
bleiben doch so hart

Buson

Yukidoke ya / imo ga kotatsu ni / tabi katashi

Schneeschmelze – Frühling
Kotatsu: mit einer wattierten Decke überdeckte Feuerstelle

風俗三十二相
けむさう
享和年間内室之風俗

7

燃立て貌はづかしき蚊やり哉
蕪村

Aufgeflammt – nein, bitte
schau mir nicht ins Gesicht
– blödes Mückenrauchfeuer

Buson

Moetachi te / kao hazukashiki / *kayari* kana

Mückenrauchfeuer – Sommer

高名美人六家撰
歌麿筆

8

目に嬉し戀君の扇真白なる

蕪村

Freude für die Augen –
der Fächer meiner Liebsten
ist dermaßen weiß

Buson

Me ni ureshi / koigimi no *sen* / mashiro naru

Fächer – Sommer

9

春雨や同車の君がささめ言
蕪村

Frühlingsregen.
Du, Mitfahrerin, sprichst
leise von der Liebe

Buson

Harusame ya / dōsha no kimi ga / sazamegoto

Frühlingsregen – Frühling

10

二人してむすべば濁る清水哉

蕪村

Mit dir zusammen
geschöpft – so wurde es trübe,
das reine Quellwasser

Buson

Futari shite / musube ba nigoru / *shimizu* kana

Quellwasser – Sommer

別府の夕
昭和四年作

11

星合やひとりの空は薄ぐもり
竹阿

Die Sterne treffen sich.
Einsam betrachtet, ist der
Himmel leicht bewölkt

Chikua

Hoshiai ya / hitori no sora wa / usugumori

Begegnung der Sterne (Tanabata) – Herbst

12

夕顔やをなごの肌の見ゆる時
千代女

Flaschenkürbis blüht
wenn die Haut der Frauen
aufscheint am Abend

Chiyojo

Yūgao ya / onago no hada no / miyuru toki

Flaschenkürbis – Sommer

13

うくひすやはてなき空をおもひ切
千代女

Japanbuschsänger –
an den unendlichen Himmel.
Hör auf daran zu denken

Chiyojo

Uguisu ya / hatenaki sora o / omoikiru

Japanbuschsänger – Frühling

14

昼の夢ひとりたのしむ柳哉

千代女

Einen Tagtraum
ganz für sich zu genießen –
der Weidenbaum

Chiyojo

Hiru no yume / hitori tanoshimu / *yanagi* kana

Weidenbaum – Frühling

哥麿筆

15

蚊帳出て寝がほまた見る別かな
長虹

Durchs Moskitonetz
noch einen Blick aufs schlafende Gesicht
– zum Abschied

Chōkō

Kaya idete / negao mata miru / wakare kana

Moskitonetz – Sommer

昭和五年庚午冬、深水画

16

春の雪女の裾に降り消ゆる

長翠

Frühlingsschnee
auf den Saum des Damengewandes
fällt er – und schmilzt

Chōsui

Haru no yuki / onna no suso ni / furi kiyuru

Frühlingsschnee – Frühling

17

次の世も逢いたきひとと蛍の夜
秀四郎

Möcht’ sie wiedersehn
auch in der nächsten Welt.
Leuchtkäfernacht

Hideshirō

Tsugi no yo mo / aitaki hito to / *hotaru* no yo

Leuchtkäfer – Sommer

豊邨

18

ほろ苦き恋の味なり蕗の薹
久女

Leicht bitter ist der
Nachgeschmack der Liebe.
Wie Huflattichblüte

Hisajo

Horonigaki / koi no ajinari / *fuki no tō*

Huflattichblüte – Frühling

哥ゝ麿筆

19

すばらしい乳房だ蚊が居る
放哉

Was für wunder-
bare Brüste!
Oh, eine Mücke

Hōsai

Subarashii chibusa da / *ka* ga iru

Mücke – Sommer

大正九年三月
五葉画

20

さはにある髪をすき居る月夜
放哉

Ihr üppiges Haar
durchkämmt von den Strahlen
der Mondnacht

Hōsai

Sawa ni aru kami o sukiiru / *tsukiyo*

Mondnacht – Herbst

冨嶽三十六景
登戸浦

21

わが星は上総の空をうろつくか
一茶

Nun wird mein Stern wohl
herumwandern im Himmel
über Kazusa

Issa

Waga hoshi wa / kazusa no sora o / urotsuku ka

ohne Jahreszeitenwort

春信画

22

忍ぶ草そよそよ風の初恋に

一茶

Farnkraut am Baum –
hin und her in der Brise
der ersten Liebe

Issa

Shinobugusa / soyosoyo kaze no / hatsukoi ni

Farnkraut am Baum – Sommer

レレヤ アンセップス

23

蘭の香や異国のやうに三ヶの月
一茶

Der Duft der Orchidee
wie in einem fremden Land
und der Dreitagemond

Issa

Ran no ka ya / ikoku no yōni / *mikanotsuki*

Mond am dritten Tag, Sichelmond – Herbst

群蝶画譜
俊満制
福和内成
田唐富艸

24

キャタピラの泥の乾きや初蝶来
雀羅

Ausgetrocknet ist
der Schlamm an meinem Caterpillar …
Ein erster Schmetterling!

Jakura

Kyatapira no / doro no kawaki ya / *hatsuchō* ku

erster Schmetterling – Frühling

近江八景之内
石山秋月
広重画

25

薔薇剪つてより山風は夜の匂ひ
雀羅

Eine Rose geschnitten.
Seitdem duftet der Bergwind
nach der Nacht

Jakura

Bara kitte yori / yamakaze wa / yoru no nioi

Rose – Sommer

26

きぬ〴〵や余のことよりも時鳥
除風

Morgen nach der Liebe
Reizt sie denn nichts mehr? – doch:
der Gackelkuckuck!

Jofū

Kinuginu ya / yo no koto yorimo / *hototogisu*

Gackelkuckuck – Sommer

名所江戸百景
廣重画

27

妻入れて春の炬燵となりにけり　櫂

Meine Frau kam hinzu:
Schon wurde es ein
Frühlings-Kotatsu

Kai

Tsuma irete / *haru no kotatsu* to / narinikeri

Frühlings-Kotatsu – Frühling

おさん
茂兵衛
子興画

28

夏痩せとこたへてあとは泪かな
季吟

Bloß abgenommen
wegen der Sommerhitze,
… erwidert sie – Tränen

Kigin

Natsuyase to / kotaete ato wa / namida kana

Abnehmen im Sommer – Sommer

石川豊信筆
板元

29

角力草引き合ひしのみ初恋は
真紀

Rispenhirsenstengel,
jeder zog auf seiner Seite –
meine erste Liebe

Maki

Sumōsō / hikiaishi nomi / hatsukoi wa

Rispenhirse – Herbst

當世好物八景
さけ好
哥麿筆

30

次の世も女でいたい菊枕
路子

Dass ich doch wieder
als Frau geboren würde –
Chrysanthemen-Kissen

Michiko

Tsugino yo mo / onna de itai / *kikumakura*

Chrysanthemen-Kopfkissen – Herbst

風俗三十二相
かいたさう
嘉永年間
おかみさんの
風俗

31

この年送らむ働いて喧嘩して
杏子

Dieses Jahr ziehe ich
auch noch durch – im Arbeiten
und im Streiten

Momoko

Kono *toshi okuran* / hataraite / kenkashite

das Jahr verbringen – Winter

32

どう聞て見ても恋なし除夜の鐘
乙二

Ich horche und horche
auf die Silvesterglocken.
Keine Liebe darin!

Otsuni

Dō kiite / mitemo koi nashi / *joya no kane*

108 Silvester-Glockenläuten – Winter

33

うたゝねに火燵消たる別れ哉
嵐簑

Kurz eingenickt, das
Feuer im Kotatsu erloschen …
Auch das Bild vom Liebchen

Ransa

Utatane ni / *kotatsu* kietaru / wakare kana

Kotatsu – Winter

冨士三十六景
甲斐大月の原
廣重画

34

連れ立ちて野山の色に染まりけり

柳下

Gemeinsam gegangen
und von Feldern und Bergen
die Farben angenommen

Ryūka

Tsuredachite / *noyama no iro* ni / somarikeri

die Farben von Feldern und Bergen – Herbst

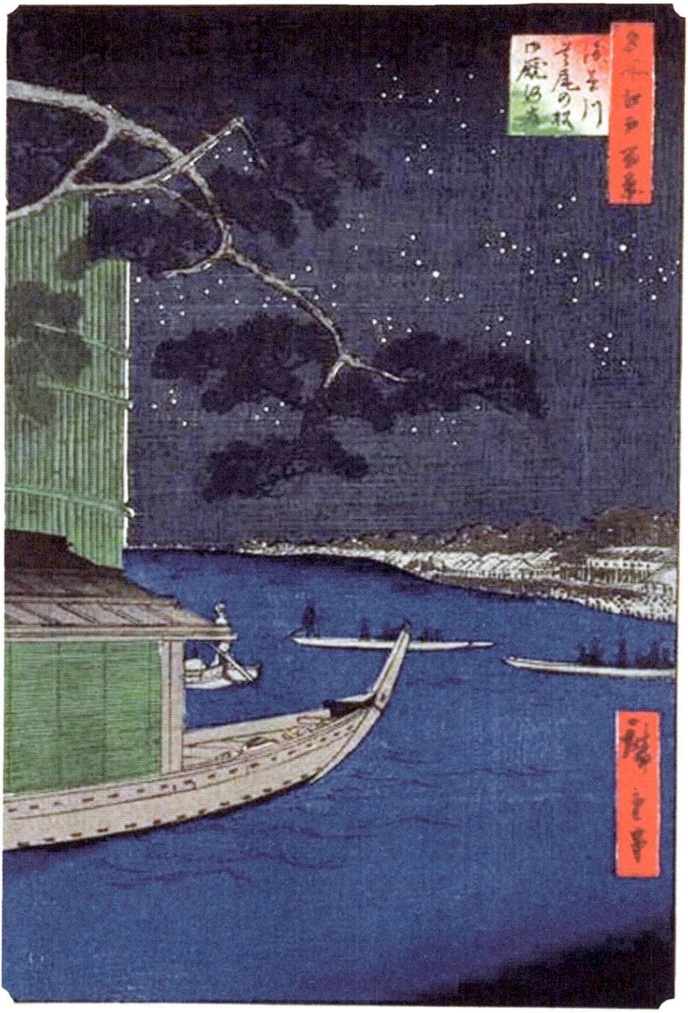
名所江戸百景
浅草川
首尾の松
御厩河岸
廣重画

35

星月夜ケンタウルスの蹄鳴る
柳下

Nacht voller Sterne.
Die Zentauren-Hufe
schallen

Ryūka

Hoshizukiyo / kentaurusu no / hizume naru

Nacht voller Sterne – Herbst

36

枯野かなつばなの時の女櫛
西鶴

Dürres Winterfeld.
Aus der Blütezeit wohl
ein Frauenkamm

Saikaku

Kareno kana / tsubana no toki no / onna-gushi

verdorrtes Feld – Winter

新形三十六怪撰

37

さゝげめし妹が垣ねは荒にけり

心棘

Reis mit Stangenbohnen:
Die Gartenhecken meiner Liebe –
ganz verwildert …

Shinkyoku

Sasagemeshi / imo ga kakine wa / arenikeri

Stangenbohne – Herbst

諸國名所百景
山城
大谷
眼鏡橋

38

人恋し火とぼしころを桜ちる
白雄

Nach menschlicher Wärme
sehn' ich mich in der Abenddämmerung –
Kirschblüten fallen.

Shirao

Hito koishi / hitoboshikoro o / *sakura chiru*

Kirschblüten fallen – Frühling

名所江戸百景
山下町日比谷外さくら田
廣重画

39

鳳巾空見てものはおもはざる

白雄

Fliegende Drachen.
Zum Himmel aufschauen und
nicht an sie denken

Shirao

Ikanobori / sora mite mono wa / omowazaru

Drachen – Neujahr

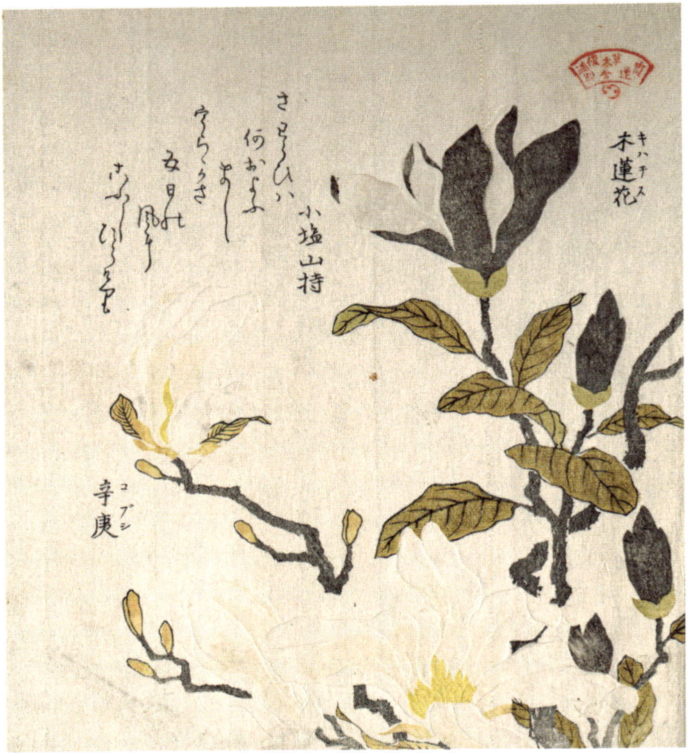
木蓮花（キハチス）
小塩山持
辛夷（コブシ）

40

逢ひたくて辛夷の花の傷みゆく

静生

Sehnsucht nach dir.
Die Kobushi-Magnolie
verwelkt allmählich

Shizuo

Aitakute / *kobushi no hana* no / itamiyuku

Kobushi-Magnolie – Frühling

41

骨盤で泳いで行けば身ごもりぬ

将義

Mit ihrem Becken
geschwommen und geschwommen
Nun ist sie schwanger

Shōgi

Kotsuban de / *oyoide* yuke ba / migomorinu

schwimmen – Sommer

春信画

42

うき人に蚊の口見せる腕かな
召波

Dem kaltherzigen Kerl
zeigt sie ihren Mückenstich –
auf ihrem zarten Arm

Shōha

Uki hito ni / *ka* no kuchi miseru / kaina kana

Mücke – Sommer

盆の月

43

一めぐり人待かぬるをどりかな
尚白

Und noch ein Reigen.
Ich kann kaum auf sie warten
beim Tanz zum Herbstfest

Shōhaku

Hitomeguri / hito machikanuru / *odori* kana

Tanz beim Herbstfest – Herbst

44

山畑にもの思はゞや蕪引
松芳

»Zur Ernte auf den Berg?
In Ruhe ans Liebchen denken!« –
der Rettichzieher

Shōhō

Yamabata ni / mono omowaba ya / *kaburahiki*

Rettichernte – Winter

45

しりながら薄に明るつまどかな

小春

Bloß der Schatten
des Pampasgrases – dennoch
öffne ich ihm die Tür

Shōshun

Shirinagara / *susuki* ni akuru / tsumado kana

Pampasgras – Herbst

長喜画

46

宿れとは御身いかなるひと時雨
宗因

Bei Euch nächtigen –
Was für eine Frau Ihr wohl seid?
Kurzer Winterregen

Sōin

Yadore towa / onmi ikanaru / hito-*shigure*

kurzer Regen im Winter – Winter

47

ふらここの会釈こぼるるや高みより
太祇

Von der Schaukel
herunter kommt der Gruß
– von ganz oben

Taigi

Furakoko no / eshaku koboruru ya / takami yori

Schaukel – Frühling

48

林檎色づくのんきな雲に促され
貴子

Das Äpfelchen färbt sich
von sorglosen Wolken
sachte bedrängt

Takako

Ringo irozuku / nonkina kumo ni / unagasare

Apfel – Herbst

49

秘め事を歌に託してそぞろ寒

知二

Mein Geheimnis
einem Gedicht anvertraut –
irgendwie frostig

Tomoji

Himegoto o / uta ni takushite / *sozorozamu*

irgendwie frostig – Herbst

50

黄金を纏ふクリムト春の闇

柚

Gehüllt ins Gold
eines Klimt – Dunkelheit
des Frühlings

Yū

Ōgon o / matou kurimuto / *haru* no yami

Frühling – Frühling

Anhang

Die Autorinnen und Autoren

Ausführliche Lebensdaten in: *Haiku – Gedichte aus fünf Jahrhunderten*, Reclam 2017.

Die wichtigsten Begriffe:
Waka / Tanka: japanisches Gedicht mit 5–7–5–7–7 ›Silben‹. Seit dem 7. Jahrhundert.
Renga / Haikai / Renku: Kettendichtung mit zahlreichen ›Versen‹, verfasst von mehreren Personen. Seit dem 16. Jahrhundert.
Hokku: Anfangsglied einer Kettendichtung mit 5–7–5 ›Silben‹.
Haiku: Das selbstständig gewordene Hokku. Seit Ende des 19. Jahrhunderts.
Kigo: Jahreszeitenwort, hier in der Transkription kursiv. Die Bezugnahme auf eine Jahreszeit (Frühling, Sommer, Herbst, Winter und Neujahr) ist ein Grundelement des Haiku/Hokku.

1–3

BASHŌ (1644–1694; 眉掃を / 海にふる / 象潟や)

Matsuo Bashō 松尾芭蕉, Künstlername von Matsuo Tadaemon Munefusa 忠衛門宗房
Einer der bedeutendsten japanischen Haiku-Dichter. Während Bashōs Anstellung bei einem Feudalherrn unterwies ihn Kigin in Waka und Haikai; später lernte er bei Sōin. Danach arbeitete er in Edo (Tokyo) bei der kommunalen Wasserversorgung. Als Haikai-Meister zog er zahlreiche Schüler an, die seine Lehre vom Haiku schriftlich niederlegten. Berühmt ist seine in *Oku no Hosomichi* (*Auf schmalen Pfaden durchs Hinterland*) beschriebene Wanderreise nach Nordjapan, während deren er mit verstreut lebenden Dichtern Haikai und Hokku verfasste. Mehrere Sammlungen zeugen von seiner Bedeutung.

4

BEKUNDO (geb.1936; 清貧の)

Amaki Bekundo 甘木可人, Künstlername von Suzuki Baku鈴木漠
Bekundo dichtet freie Gedichte und Renku. Zahlreiche Veröffentlichungen auch von Prosatexten. Mehrere Preise. Juror bei Wettbewerben. Er leitet die Renku-Zeitschrift *Otakusa* おたくさ und unterrichtet verschiedene Dichtergruppen wie *Kaichi-no-kai* 海市の会. Das vorliegende Haiku entstand 2014 als Hokku eines Renku, das er zu dritt mit Hakusan und Ryūka verfasste.

5

BŌSHA (1897–1941; 春宵や)

Kawabata Bōsha 川端茅舎, Künstlername von Kawabata Nobukazu 川端信一

Eine Knochentuberkulose zwang Bōsha, seine angestrebte Karriere als Kunstmaler aufzugeben. So dichtete er Haiku für die Zeitschriften *Unmo* 雲母 und *Hototogisu* ホトトギス. Später leitete er letztere Dichtergruppe mit. Das vorliegende Haiku Nr. 5 wurde von Takahama Kyoshi als Liebesgedicht in neuer Form hoch gelobt.

6–10

BUSON (1716–1784; 雪解や / 燃立て / 目に嬉し / 春雨や / 二人して)

Yosa Buson 与謝蕪村, Künstlername von Taniguchi Nobuaki 谷口伸章

Buson war ein Kunstmaler, der Haikai dichtete und unterrichtete. Als er den Verfall des Haikai in Edo (Tokyo) sah, trat er in Bashōs Fußstapfen, um zu dessen reiner Dichtung zurückzukehren. Sein Meistername lautete Yahan-tei II. Zahlreiche Sammlungen mit Haikai und Hokku sowie Haiga-Bilder im Nanga-Stil.

11

CHIKUA (1710–1790; 星合や)

Niroku-an Chikua 二六庵竹阿, Künstlername von Kobayashi Gakusai 小林楽斎

Über Chikuas Leben ist wenig bekannt. Er lernte Haikai bei Hasegawa Bakō. Wie Bashō unternahm er Wanderreisen zu den Haikai-Dichtern in der japanischen Provinz. Er wies Issa in das Haikai ein und gab später seinen Meisternamen Niroku-an an ihn weiter.

12–14

CHIYOJO (1703–1775; 夕顔や / うくひすや / 昼の夢)

Kaga no Chiyojo 加賀千代女

Dichterin. Ihr Name bedeutet »Chiyojo aus Kaga«. Sie wurde von ihrem Arbeitgeber, einem Statthalter, in das Haikai eingeführt und lernte später bei Nakagawa Otsuyū. Kagami Shikō, einer der wichtigen Bashō-Schüler, ist auf seiner Haikai-Reise auf ihr Talent aufmerksam geworden. Shirao besuchte Chiyojo, nachdem sie als Laiennonne lebte.

15

CHŌKŌ (2. Hälfte 17. Jh.; 蚊帳出て)

Chōkō 長虹, auch Chikuten 竹天, Chikuyōken 竹葉軒

Über Chōkōs Leben ist wenig bekannt. Er wird zu Bashōs späteren Schülern gezählt. Zehn seiner Hokku erschienen in Anthologien, die unter der Aufsicht von Bashō zusammengestellt wurden. Das hier abgedruckte Haiku Nr. 15 und andere Hokku fanden Aufnahme in die Haikai- und Hokku-Sammlung *Arano* 阿羅野.

16

CHŌSUI (1753–1813; 春の雪)

Chōsui 長翠, Tokoyoda Chōsui常世田長翠

Chōsui wurde von Shirao in Haikai unterwiesen. Er lernte auch japanische Malerei und unternahm eine Haikai-Reise nach Nordjapan. Nach der Übernahme von Shiraos Meisternamen Shunjū-an unterrichtete er viele Schüler weiter.

17

HIDESHIRŌ (geb. 1949; 次の世も)

Takao Hideshirō 高尾秀四郎

Nach dem Studium arbeitete Hideshirō im Steuer-, dann im IT-Bereich, wo er im Vorstand einer Firma ist. Aufgrund einer Arbeitsüberlastung suchte er seine Gedanken- und Lebensweise zu ändern und kam zum Haiku und Renku. Er ist der Leiter der Haiku-Gruppe Ashita あした, führt die Internetseite der Gruppe und hat den stellvertretenden Vorsitz der Renku-Gesellschaft Japan inne. Haiku Nr. 17 stammt aus seinem Haiku-Band *Tambai* 探梅 (2013).

18

HISAJO (1890–1946; ほろ苦き)

Sugita Hisajo 杉田久女, Künstlername von Sugita Hisa 杉田久

Dichterin. Hisajo lernte von ihrem Bruder Haiku dichten und schickte ihre Gedichte an die Haiku-Zeitschrift *Hototogisu* ホトトギス von Takahama Kyoshi. Sie dichtete und unterrichtete Haiku und gilt als eine Vorreiterin unter den Haiku-Dichterinnen.

19/20

HŌSAI (1885–1926; すばらしい / さはにある)

Ozaki Hōsai 尾崎放哉, Künstlername von Ozaki Hideo 尾崎秀雄

Hōsai begann mit 14 Jahren Haiku, Tanka und freie Gedichte zu schreiben. Während des Jura-Studiums Mitbegründer der Haiku-Zeitschrift *Hototogisu* ホトトギス. Nach dem Ausstieg aus seinem Beruf und dem Bruch mit seiner Familie führte er ein unstetes Leben. Seine Haiku sind für ihren freieren Stil bekannt.

21–23

ISSA (1763–1827; わが星は / 忍ぶ草 / 蘭の香や)

Kobayashi Issa 小林一茶, Künstlername von Kobayashi Nobuyuki 小林信行

Nachdem er mit drei Jahren die Mutter verloren hatte, verbrachte Issa eine unglückliche Kindheit. Unter seinem von Chikua übernommenen Meisternamen Niroku-an dichtete und unterrichtete er reisend Haikai und Hokku. Ein Erbschaftsstreit und mehrere Ehen prägten seine zweite Lebenshälfte. Haiku Nr. 21 entstand nach dem Tod einer Haikai-Kollegin. Sein natürlich-persönlicher Stil macht ihn für viele Dichter neben Bashō und Buson zu einem der bedeutendsten Dichter Japans.

24/25

JAKURA (geb. 1949; キャタピラの / 薔薇剪つて)

Hotokebuchi Jakura佛渕雀羅, Künstlername von Hotokebuchi Kengo 佛渕健吾

Nach dem Studium der französischen Literatur arbeitete Jakura für die Stadt Tokyo und fing an, Haiku bei Sawamura Akiyo und Renku bei Higashi Meiga zu dichten, von dem er seinen Meisternamen Nanshū-an bekam. Er ist Juror verschiedener Renku-Wettbewerbe und unterrichtet vielerorts Renku und Haiku. Haiku Nr. 24 (2016) und Nr. 25 (2018) entstanden im Haiku-Renku-Internet-Portal *Kissako* 喫茶去, das er seit 2001 leitet. Viele Veröffentlichungen, vor allem Nachschlagewerke für Jahreszeitenwörter und eine Studie über Issas Renku.

26

JOFŪ (1666/67–1746; きぬぎぬや)

Jofū 除風, Künstlername von Kawabata Nobukazu 川端信一

Jofū war buddhistischer Shingon-Mönch und lernte Haikai bei Hattori Ransetsu und dann Kagami Shikō, beides wichtige Bashō-Schüler. Er verehrte Bashō sehr und sammelte für dessen Gedenkstätte von zahlreichen Dichtern 1000 Hokku. Mehrere Sammlungen. Das vorliegende Haiku Nr. 26 wurde unter Bashōs Aufsicht in die Haikai- und Hokku-Sammlung *Arano* 阿羅野 aufgenommen.

27

KAI (geb. 1954; 妻入れて)

Hasegawa Kai 長谷川櫂

Kai dichtete bereits am Gymnasium Haiku, später bei Hirai Shōbin. Nach dem Jura-Studium arbeitete er als Journalist. Kai ist Juror einer traditionsreichen Haiku-Kolumne der großen Tageszeitung *Asahi* und bei verschiedenen Wettbewerben. Zahlreiche Preise und Veröffentlichungen, auch Abhandlungen und Essays. Er dichtet regelmäßig Renku und leitet das Internetportal *Koshi* 古志. Haiku Nr. 27 stammt aus seinem Haiku-Band *Kokū* 虚空 (2002).

28

KIGIN (1625–1705; 夏痩せと)

Kitamura Kigin 北村季吟, Künstlername von Kitamura Shizuatsu 北村静厚

Kigin wurde in der Nachfolge seines Vaters Arzt. Mit 16 lernte er Haikai bei Yasuhara Teishitsu und Waka bei Asukai Masaakira. Kigin machte sich einen Namen als Herausgeber mehrerer Hokku- und Jahreszeitenwörter-Sammlungen. Aus seiner Schule gingen viele Dichter hervor, darunter Bashō. Später war Kigin als Shintō-Priester tätig.

29

MAKI (geb. 1934; 角力草)

Bessho Maki 別所真紀, Künstlername von Bessho Makiko別所真紀子

Dichterin. Maki dichtet freie Gedichte, Haiku und Renku. Sie leitet die Renku-Gruppe *Kairan* 解纜, deren gleichnamige Zeitschrift sie herausgibt. Nach ausführlichen Quellen-Recherchen schrieb sie viele historische Romane zum Leben der Haikai-Dichter, insbesondere zu Bashō, seinen Schülern und den Dichterinnen jener Zeit. Mehrere Preise auch für diese Arbeit. Haiku Nr. 29 entstand im Jahr 2020 für den vorliegenden Band.

30

MICHIKO (geb. 1925; 次の世も)

Kuramoto Michiko 倉本路子

Dichterin. Michiko dichtet Haiku und Renku. Mit Haiku begann sie bei Katō Shūson und mit Renku bei Higashi Meiga, von dem sie den Meisternamen Sōraku-an erhielt. Viele schwere Krankheiten und Operationen hat sie durch das Dichten überwunden. Das vorliegende Haiku Nr. 30 entstand in ihrem 93. Lebensjahr. 2018 entstand ein Renku mit diesem Haiku als Hokku in der Gemeinschaft der Dichtergruppe *Nekomino-kai* 猫蓑会.

31

MOMOKO (geb. 1938; この年送らむ)

Kuroda Momoko 黒田杏子

Dichterin. Während ihres Psychologiestudiums begann Momoko bei Yamaguchi Seison Haiku zu dichten. Sie arbeitete bei einem der größten Media- und Werbeunternehmen der Welt in Tokyo und lernte Renku bei

Teraoka Yasutaka. Momoko gründete ihre eigene Dichtergruppe *Aoi* 藍生 mit der gleichnamigen Haiku-Zeitschrift. Zahlreiche Haiku- und andere Publikationen sowie Preise. Sie ist u. a. Jurorin der Haiku-Kolumne der renommierten Wirtschaftszeitung (!) *Nippon Keizai Shimbun*. Haiku Nr. 31 stammt aus ihrem Gedichtband *Nikkō Gekkō* 日光月光 (2010). Für *Haiku – Gedichte aus fünf Jahrhunderten* (Reclam 2017) arbeitete sie mit Ryūka zusammen.

32

OTSUNI (1756–1823; どう聞て見ても)

Iwama Otsuni 岩間乙二, auch Shōsō松窓, Künstlername von Iwama Kiyoo 岩間清雄

Otsuni wurde in der Nachfolge seines Vaters zu einem höheren Mönch des Shugen-dō, lernte Haikai bei seinem Vater, dann bei Jōshibō Hakkyo. Er verkehrte rege mit zeitgenössischen Haikai-Dichtern und unternahm viele Haikai-Wanderreisen. Mehrere Hokku-Sammlungen.

33

RANSA (2. Hälfte 17. Jh.; うたゝねに)

Ransa 嵐簑

Über Ransas Leben ist wenig bekannt. Das vorliegende Gedicht Nr. 33 sowie weitere von Ransa wurden unter der Aufsicht Bashōs in die Haikai- und Hokku-Sammlung *Arano* 阿羅野 aufgenommen.

34/35

RYŪKA (geb. 1952; 連れ立ちて / 星月夜)

Hirabayashi Ryūka 平林柳下, Künstlername von Masami Ono-Feller 小野フェラー雅美

Dichterin. In Japan aufgewachsen, begann Ryūka während ihres Studiums in Heidelberg Tanka, Haiku und Renku zu dichten. Sie arbeitet als Dolmetscherin und Übersetzerin und verfasst Haiku und Renku bei Hotokebuchi Jakura. Die Haiku Nr. 34 (2009) und 35 (2011) entstanden im Haiku-Internet-Portal *Kissako* 喫茶去 von Jakura. In Deutschland stellt sie Haiku, Tanka und Renku in Büchern und Artikeln vor. Mehrere Veröffentlichungen und Preise.

36

SAIKAKU (1642–1693; 枯野かな)

Ihara Saikaku 井原西鶴, Künstlername von Hirayama Tōgo 平山藤五

Saikaku begann mit 15 Haikai zu dichten, kurz darauf bei Nishiyama Sōin. Er ist in erster Linie berühmt als Autor von Liebesromanen aus dem bürgerlichen Leben sowie von Dramen für Jōruri-Puppenspiele. Als Haikai-Meister war er äußerst produktiv. Als er seine Frau verlor, dichtete er allein an einem Tag 1000 Haikai-Kettenglieder.

37

SHINKYOKU (2. Hälfte 17. Jh. ; さ丶げめし)

Shinkyoku 心棘
Über Shinkyokus Leben ist wenig bekannt. Die Gedichte Shinkyokus, einschließlich des vorliegenden Nr. 37, wurden unter Bashōs Aufsicht in die Haikai- und Hokku-Sammlung *Arano* 阿羅野 aufgenommen.

38/39

SHIRAO (1738–1791; 人恋し / 鳳巾)

Kaya Shirao 加舎白雄, Künstlername von Kaya Yoshiharu 加舎吉春
Shirao verlor mit fünf seine Mutter. Haikai lernte er bei Oshida Seiga, Shōro-an Umei, dann bei Shirai Chōsui. Unter dem Meisternamen Shunjū-an sowie auf Haikai-Wanderschaften bildete er selbst viele Schüler aus. Er besuchte u. a. auch Chiyojo. Seinen Meisternamen gab er an Tokoyoda Chōsui weiter. Veröffentlichungen von theoretischen Schriften und Haikai-Sammlungen.

40

SHIZUO (geb. 1937; 逢ひたくて)

Miyasaka Shizuo宮坂静生, Künstlername von Miyasaka Toshio 宮坂敏夫
Nach dem Studium der japanischen Literatur der Neuzeit und der Gegenwart unterrichtete Shizuo dieses Fach an der Universität. Haiku und später Renku fing er mit 14 an zu dichten. 1978 gründete er seine eigene Dichtergruppe *Take* 岳 mit der gleichnamigen Haiku-Zeitschrift. Shizuo ist Juror verschiedener Haiku-Wettbewerbe sowie Vorsitzender der Modernen Haiku Gesellschaft Japan. Zahlreiche Veröffentlichungen und Preise. Das vorliegende Haiku Nr. 40 stammt aus der Juni-Ausgabe 2018 der Zeitschrift *Take* 岳.

41

SHŌGI (geb. 1940; 骨盤で)

Kawana Shōgi 川名将義, Künstlername von Kawana Masayoshi 川名将義
Nach dem Studium arbeitete Shōgi bei einem großen Zeitschriftenverlag in Tokyo. Im Ruhestand begann er, Haiku bei Nakahara Michio in der Dichtergruppe *Ginka* 銀化 und später bei Maki Renku in der Dichtergruppe *Kairan* 解纜 zu dichten. Haiku Nr. 41 stammt aus seinem Band *Kaiki* 回帰 (»Rückkehr«), den er 2018 nach schwerer Krankheit mit mehreren Operationen publizierte.

42

SHŌHA (1727–1772; うき人に)

Kuroyanagi Shōha 黒柳召波, Künstlername von Kuroyanagi Seibei 黒柳清兵衛

Shōha arbeitete als Händler und dichtete zuerst chinesische Gedichte bei Hattori Nankaku. Später lernte er Haikai bei Buson und dichtete in der Gruppe *Sankasha* 三菓社 mit Taigi. Buson schätzte ihn sehr, und die Dichterkollegen kamen oft zu Shōha, um gemeinsam Haikai zu dichten.

43

SHŌHAKU (1650–1722; 一めぐり)

Esa Shōhaku 江佐尚白, Künstlername von Esa Daikichi 江佐大吉

Shōhaku arbeitete wie seine Vorfahren als Arzt. Er betätigte sich als Sänger im Nō-Theater (Yōkyoku), spielte Go, beherrschte die Teezeremonie und dichtete Haikai zuerst bei Yasuhara Teishitsu, dann bei Bashō. Er verehrte den Meister sehr und veranstaltete bei sich viele Haikai-Zusammenkünfte. Viele berühmte Schüler gingen aus seiner Schule hervor.

44

SHŌHŌ (2. Hälfte 17. Jh.; 山畑に)

Shōhō 松芳

Über Shōhōs Leben ist wenig bekannt. Seine Gedichte, einschließlich des vorliegenden Haiku Nr. 44, wurden unter Bashōs Aufsicht in die Haikai- und Hokku-Sammlung *Arano* 阿羅野 aufgenommen.

45

SHŌSHUN (1667–1740; しりながら)

Kameda Shōshun 亀田小春, Künstlername von Kameda Katsutoyo亀田勝豊

Shōshun war Apotheker und wurde Schüler von Bashō auf dessen Haikai-Wanderschaft. Das vorliegende Hokku dichtete er aus der Sicht einer liebenden Frau. Dieses Gedicht und andere wurden unter Bashōs Aufsicht in die Sammlung *Arano* 阿羅野 aufgenommen.

46

SŌIN (1605–1682; 宿れとは)

Nishiyama Sōin 西山宗因, Künstlername von Nishiyama Toyokazu 川端信一

Sōin lernte Renga zu dichten, als er 15 war. Während seiner Anstellung bei einem Feudalherrn dichtete er Renga und Waka und spielte Biwa (eine Laute) und Flöte. Er wurde ein Renga-Meister, zu dem viele Schüler kamen – auch Bashō in dessen jungen Jahren. Mehrere Haikai- und Renga-Sammlungen.

47

TAIGI (1709–1771; ふらここの)

Tan Taigi 炭太祇
Über Taigis frühes Leben ist wenig bekannt. Als Haikai-Meister Fuya-an wohnte er in einem Freudenhaus seines Schülers in Kyoto und brachte den Kurtisanen Haikai und Kalligraphie bei. Er war ein enger Freund von Buson und brachte mit ihm viele Haikai- und Hokku-Sammlungen heraus, in die er zahlreiche Hokku dieser Frauen aufnahm.

48

TAKAKO (geb. 1959; 林檎色づく)

Kobayashi Takako 小林貴子
Dichterin. Takako lernte während ihres Studiums Haiku zu verfassen bei den Dichtergruppen *Take* 岳 von Shizuo und *Taka* 鷹 von Fujita Shōshi. Sie gibt die Haiku-Zeitschrift *Take* 岳 heraus und ist stellvertretende Vorsitzende der Modernen Haiku Gesellschaft Japan. Viele Veröffentlichungen. Haiku Nr. 48 ist ihrem Haiku-Band *Ōgonbunkatsu* 黄金分割 (2019) entnommen.

49

TOMOJI (geb. 1941; 秘め事を)

Komatsu Tomoji 小松知二
Nach dem Jura-Studium arbeitete Tomoji als Verkaufsleiter für Südostasien bei einem der größten Autohersteller der Welt in Japan. Zum Ende seiner beruflichen Karriere lernte er Renku und Haiku dichten bei Mizuno Takashi, dann bei Maki in der Dichtergruppe *Kairan* 解纜 sowie bei Usuki Yūji in der Gruppe *Katsura-no-kai* 桂の会. Mehrere Veröffentlichungen.

50

YŪ (geb. 1947; 黄金を)

Watanabe Yū 渡辺柚, Künstlername von Watanabe Yūko渡辺祐子
Dichterin. Nach dem Studium der englischen Literatur begann Yū Renku und Haiku bei Nakao Seishō zu dichten, später bei Maki in der Dichtergruppe *Kairan* 解纜. Sie betreute viele Bücher von Maki, war Mitbegründerin der Renku-Vereinigung *Hamakaze* 浜風 und gibt deren gleichnamige Zeitschrift heraus. Haiku Nr. 50 entstand 2017 auf ihrer Reise nach Wien. Sie ist Jurorin des größten Renku-Wettbewerbs in Japan. Mehrere Preise.

Die Künstler und ihre Werke

Tomioka Eisen (1864–1905)
33 Sinnende Frau

Tsukioka Yoshitoshi (1839–1892)
7 Aus: 32 Ansichten von Frauen
31 Aus: 32 Ansichten von Frauen
37 »Der Herbstwind bläst, nichts ist mehr zu sagen« (aus: 36 Geister)
43 Mond beim Bon-Fest (aus: 100 Ansichten des Mondes)

Utagawa (Andō) Hiroshige (1797–1858)
3 Der Ayase-Fluss bei Kanegafuchi mit Seidenbaumblüten (aus: 36 Ansichten des Berges Fuji)
6 Der Fuji bei Sukiya-gashi (aus: 36 Ansichten des Berges Fuji)
25 Herbstvollmond in Ishiyama
27 Der Suijin-Schrein am Uchi, von Massaki aus gesehen
32 Schneelandschaft beim Benzaiten-Schrein
34 Feld mit Wildblumen und Blick auf den Fuji bei Ōtsuki (aus: 36 Ansichten des Berges Fuji)
35 Die »Kiefer des guten Gelingens« und das Oumayagashi-Ufer am Asakusa (aus: 100 berühmte Ansichten von Edo)
38 Die »Brillenbrücke« bei Ōtani
39 Die Stadtviertel Hibiya und Soto-Sakurada, von Yamashita aus gesehen (aus: 100 berühmte Ansichten von Edo)
41 Forellen
49 Abendstimmung (aus: 8 berühmte Landschaften in Kanazawa, Provinz Musashi)

Utagawa Kuniyoshi (1798–1861)
1 Schönheit mit Schminkpinsel

Yamamoto Shōun (1870–1965)
5 Frühling in Kyoto

Abbildungsnachweis

S. 2 (Frontispiz): Sotheby's – S. 5 (Zwischentitel): JapanesePrints-London – 1, 10, 46: wikimedia.org – 2: The New Zealand Poetry Society, Wellington – 3, 41: Brooklyn Museum, New York – 4, 13, 21, 43, 47: ukiyo-e.org – 5, 8, 22, 35 (akg-images / Pictures From History), 9, 27, 30, 38, 49 (akg-images), 23 (akg-images / Florilegius), 29, 34 (akg-images / Science Source), 33 (Heritage Images / Heritage Art / akg-images): AKG – 6: JapanesePrints-London – 7: Art Kiun, Kakegawa – 11, 18: Ronin Gallery, New York – 14: Rising Sun Prints, London – 12, 15, 19, 24, 25, 28, 40, 45, 48, 50: Metropolitan Museum of Art, New York – 16: Egenolf Gallery, Burbank CA – 17: Los Angeles County Museum of Art – 20, 26, 32, 39, 42, 44: Museum of Fine Arts, Boston – 31: Gallery Shukado, Tokyo – 36: The Library of Congress, Washington – 37: Bonhams, London

Der Verlag Philipp Reclam jun. dankt den Autorinnen und Autoren bzw. ihren Rechtsnachfolgern für ihre Genehmigung zum Abdruck und zur Übersetzung. In einigen Fällen waren die Inhaber der Bildrechte nicht festzustellen. Hier ist der Verlag bereit, nach Anforderung rechtmäßige Ansprüche abzugelten.

Nachwort

Das Haiku und die Liebe

Wir kennen das Haiku im Westen heute als selbstständiges Gedicht in drei Zeilen mit 5, 7 und 5 ›Silben‹. Das war nicht immer so. Ursprünglich war ein Haiku das Anfangsglied sehr langer Gedichte, der sogenannten Kettengedichte. Dieses Anfangsglied nannte man »Hokku«. Später hat sich das Anfangsglied gelegentlich selbstständig gemacht. Dann nannte man es »Haiku«. Doch hat das Haiku viel von seinem Ursprung im Kettengedicht beibehalten.

Einer der bedeutendsten Dichter Japans, Bashō, der vor rund 350 Jahren gelebt hat, gilt heute als Meister des Haiku. Er selbst sagte von sich aber, »mein eigentliches Rückgrat ist die Kettendichtung«. Was will er damit zum Ausdruck bringen?

Das Kettengedicht nennt man »Renku«. Es kann bis zu 100 Glieder haben. Gedichtet – und das ist wichtig für das Verständnis – werden diese stets von mehreren Dichtern, natürlich auch Dichterinnen, im Wechselspiel, wobei ein Dichter immer eines der Glieder (entweder einen Zweizeiler oder einen Dreizeiler) verfasst und dabei nicht weiß, was der nachfolgende dazusetzen wird. Damit ein Kettengedicht über diese lange Strecke trägt, muss es mehrere Höhepunkte geben. Der wichtigste sind oft die Liebesverse. Ohne Liebesverse gibt es kein Renku. Das besondere Raffinement besteht nun darin, dass die Liebesverse erstens immer aus mindestens zwei Teilen bestehen, gedichtet von zwei verschiedenen Dichtern. Hierbei muss sich der zweite Dichter auf die Verse seines Vorgängers beziehen, darf diese aber nicht einfach fortschreiben, sondern muss sie, zweitens, kontrastieren oder erweiternd deuten. So gehört zum Renku und dem aus ihm hervorgegangenen Haiku stets der assoziationsreiche weite Blick, der plötzliche Bruch und damit die Kraft, über das Momentane hinauszugehen.

Ein Beispiel, von Bashō und Sora verfasst:

Vier, fünf Freudenmädchen
wandern über die Dörfer *Sora*

Unter dem Gekritzel
an den Wänden ist auch der Name
des Geliebten zu sehen *Bashō*

Die erste Versgruppe von Sora schildert eine Situation und blickt sozusagen von außen auf die jungen Frauen. Daraus könnte vieles entstehen. Bashō, als Zweiter, wechselt überraschend die Perspektive. Jetzt erblickt eines der Mädchen den Namen seines Geliebten. Wir heute verstehen das sozusagen filmisch. Zunächst zeigt die Kamera die Totale, dann zoomt sie nah heran, bis sie die Perspektive des Mädchens einnimmt. Das Erbe dieser Technik finden wir auch in unserem Band, zum Beispiel in Nr. 45. In diesem Gedicht wartet eine Frau auf ihren Geliebten. Sie weiß, dass er sie heute Abend aus irgendeinem Grund nicht besuchen kann (irgendetwas ist der Situation also vorausgegangen), aber sie macht trotzdem die Schiebetür auf, weil die Schatten der vom Herbstwind bewegten Pampasgräser aussehen, als ob er doch käme. Das öffnet das Gedicht über den Augenblick hinaus. Was war vorher, was wird geschehen? Der Leser erlebt die Szene aus der Sicht der Frau, wodurch ein Moment großer Intimität und zarter Empfindung entsteht.

Ein weiteres Beispiel von dem nicht minder bedeutenden Dichter Issa und seinem Schüler Nishihara Bunko, vor rund 200 Jahren verfasst:

Leise fallen mir
Erinnerungen an meine Liebe ein –
wie Weizenähren, die sich öffnen *Issa*

Ich lasse ein Leuchtkäferchen
über ihre schöne Hand laufen *Bunko*

Während Issa sich an Vergangenes erinnert, bricht Bunko die Perspektive und ist plötzlich in der Gegenwart bei der Geliebten – und mit was für einem Bild!

Ein drittes und letztes Beispiel einer überraschenden Wendung zeigt unser Haiku Nr. 24:

Ausgetrocknet ist
der Schlamm an meinem Caterpillar
Ein erster Schmetterling! *Jakura*

»Caterpillar« ist der Markenname einer Planierraupe. Zunächst sind also die ersten beiden Verse eine Aussage über eine verschmutzte Baumaschine. Das englische Wort *caterpillar* bezeichnet aber auch die biologische Schmetterlingsraupe. So bekommt im dritten Vers plötzlich das vorhergehende Wort »Caterpillar« durch den Schmetterling eine doppelte Bedeutung: als Metapher für ein eher freudloses Leben, die im Schlamm verkrustete Raupe. Und mit einem Mal taucht da dieses unendlich schöne Wesen auf, das auf Partnersuche ist, und es werden Frühlingsgefühle geweckt.

Manchmal liest man im Westen, dass Haiku enthalte alles, wie in einer Nussschale. Ja und nein. Das Haiku enthält alles, aber es ist nicht von einer undurchdringlichen Schale umschlossen. Es öffnet sich vielmehr und ist ein Ausgangspunkt.

Der Beginn für etwas Neues, oft Überraschendes. So wie die Liebe.

Wenn Sie tiefer in den reichen Kosmos des Haiku eindringen wollen, sei Ihnen die umfassende Anthologie *Haiku. Gedichte aus fünf Jahrhunderten* (Reclam 2017) ans Herz gelegt, in der sämtliche Haiku kommentiert werden.

Aus diesem Gedanken der Öffnung heraus wurden auch die *Bilder* zu den Gedichten ausgewählt. Sie ergänzen, deuten und kontrastieren das jeweilige Haiku. Sie sind dessen Erweiterung, nicht dessen Bebilderung, so, wie man etwa zu einem Rosengedicht das Aquarell einer Rose setzen könnte. Solche Wiederholungen sind der japanischen Ästhetik fremd.

Und damit kommen wir zum letzten Punkt, zur *Übersetzung*. Häufig findet man Haiku sehr poetisch in westliche Sprachen übersetzt. Die Verse haben dann eine rhythmische Bewegung und klingen musikalisch wie Lieder. So ist das japanische Haiku nicht. Es ist nicht romantisch. Es träumt nicht ein Lied in allen Dingen. Das Haiku ist sprachlich oft spröde und nicht »klangvoll«. Aber von seinem rauen Gipfel kann man sehr weit blicken. So versucht die Übersetzung der Haiku dieses Bandes, die Leserin und den Leser in diese poetische japanische Welt hinüberzubegleiten, und nicht, das Haiku den westlichen Lesegewohnheiten anzugleichen. Auch das ist ein bisschen wie die Liebe.

Ich bedanke mich insbesondere bei allen neueren Dichtern, die mir für ihre Gedichte großzügig die Genehmigung zum Abdruck erteilt haben. Mein großer Dank geht auch an Ingrid Kunschke, die als Preisträgerin je eines internationalen Haiku- und eines Tanka-Wettbewerbs nach Japan eingeladen wurde. Sie hat mir wertvolle Anregungen gegeben.

Zuletzt: Eine nicht spektakuläre Form der Liebe gibt es im Osten wie im Westen. Es ist die, die über die Liebe zu einer Person hinausgeht, die mehr umfasst, die sich öffnet für alles, was zu diesem Menschen gehört, sein Lebensumfeld, seine Vergangenheit, seine Welt. Die all das sanft ein Leben lang umarmt – und ohne innere Stärke nicht bestehen kann. Einer solchen Liebe widme ich dieses Bändchen.

四十年婚家を守り冬すみれ　柳下
Das Haus ihres Mannes
vierzig Jahre gehütet –
Das Winterveilchen　*Ryūka*

Für Chiyomi　千代美さんに

Inhalt

Anhang

2021 Philipp Reclam jun. Verlag GmbH,
Siemensstraße 32, 71254 Ditzingen
Umschlagabbildung: Utagawa Kunisada (1786–1865),
Herbstmond über Miho (Amsterdam, Van Gogh Museum)
Druck und buchbinderische Verarbeitung:
Friedrich Pustet GmbH & Co. KG,
Gutenbergstraße 8, 93051 Regensburg
Printed in Germany 2021
RECLAM ist eine eingetragene Marke
der Philipp Reclam jun. GmbH & Co. KG, Stuttgart
ISBN 978-3-15-011335-6
www.reclam.de